极地中华

The Polar Regions of Great China

李建伟 摄影

華藝出版社
HUA YI PUBLISHING HOUSE

推荐语　　　巍巍中华

中国摄影家协会主席　王　瑶

《极地中华》画册从浩瀚的大中华自然、人文画卷中，采撷出最具代表性的西藏、台湾、东北及三沙四个不同地域的风土人情和点点滴滴，呈现给读者，从中一睹中华大地的风采和魅力。

收入画册的 400 余幅精美图片，是从作者拍摄的数万张图片中精选出来的，每一张图片都有一个动人的故事。既有画面上人物、动物和风景的故事，也有拍摄背后的故事。该画册是作者冒着酷暑、严寒，克服受伤和缺氧等恶劣条件，攀爬高原，渡海登岛，舟车劳顿，奔波 10 余载的倾心之作。

品读《极地中华》，不仅仅是视觉的冲击与震撼，更是对心灵的触动与激荡。透过作者的镜头，让我们看到了中华大地的大美大爱，这是中华民族 5000 年的传承，是我们的祖产；看到了中华儿女一张张的笑脸和民众的幸福，这是当下美好生活的真实写照；看到了憨态可掬的动物们自由的奔跑与翱翔，这是人与自然的最佳和谐。

中华大地有着宽广的陆地和海洋，有着代代血脉的历史传承，有着无数勤劳的各族人民。伴随着中国经济的蓬勃发展，中国的前景将会更加广阔，中华大地将会更美好，中华儿女将会更自信，中华民族必将昂首挺胸于世界前列。

2016 年 4 月

序　言　　　极地之美

中华大地，国土广袤，山川锦绣，大海壮阔，历史悠久，文化灿烂，民族众多而习俗迥异，物产丰饶且工艺绝伦，风味美食更是名扬海外。

广阔无垠的疆域，容载着多样的地形、地貌与气候。陆地与大海，高山与平原，江河与湖泊，沙漠与草原，不出国门就能尽情地欣赏到多姿多彩的旖旎风光。同一时间，人们既可以策马草原感受风吹草低的豪情，也可以西进大漠聆听悠悠驼铃在长河落日下的回声；既可以在离天空最近的青藏高原感受最为纯净的人间天堂，也可以到四季如春的宝岛台湾悠闲地品味各种小吃美味；既可以在银装素裹、雪花飘飘的东北赏雪滑冰，也可以来到碧海银滩、海天一色的三沙观海潜水。

悠悠5000年的辉煌历史，创造了灿烂的世界文明和中华文化。虽然历经朝代更迭、民族融合与战争动荡，但繁衍发展至今未曾断裂，不论语言文字、风俗文化、文学艺术、建筑风格，都源远流长，保留着古老文明的风貌，充满着中华民族的智慧和魅力。四大文明古国发展至今，只有中华民族完整地保存和沿袭了传统的历史文化。

西藏因世界屋脊而著称，世界第一高峰珠穆朗玛峰就位于西藏境内。这里大山大湖大风光，纯朴自然、天人合一。勤劳质朴的藏族民众，为了给众生祈福，每天念经、转经筒、磕长头，日复一日，年复一年，永无休止。这片土地上的山水和民众的宗教信仰，赋予了西藏神秘的色彩。人们向往这里，想去接触它，了解它，融入它。

西藏是个快乐的地方。每逢节假日，不论走到什么地方，都能看到青年男女、老人小孩翩翩起舞。在农村，每逢秋收打场时节，农民们一边劳动，一边唱歌，有时还围圈起舞；

在牧区，经常举行有趣的篝火晚会，通宵达旦；在拉萨，只要天气暖和，人们便阖家外出，来到拉萨河畔或罗布林卡，喝着酥油茶和青稞酒，情不自禁地跳起传统舞蹈，从早到晚，兴尽而归。

西藏人民修造了众多的辉煌建筑群，无论是宫殿、寺庙，还是王府、庄园和普通居民住所，不同的类别有不同的风格。它是藏族人民聪明才智的结晶，也是祖国建筑艺术里的珍品。时至今日，这些建筑物依然恢宏、壮观，让人回味无穷。

台湾是一个海岛省份，岛屿众多，海岸线长。台湾本岛海岸线长 1566 公里，包括东部、北部、西部和南部等四个不同海岸。其中，东部为典型断层海岸，陡直的岸壁紧贴太平洋，断崖峻峭，鬼斧神工；北部海岸东临太平洋，北迎东海，西依台湾海峡，整段海岸凹凸曲折，岬湾相间，奇石怪岩，惟妙惟肖。台湾还是一个多山的海岛，高山和丘陵面积占三分之二，海拔 3500 米以上的山峰有 45 座。其中，最高的玉山海拔 3952 米。

台湾社会的发展始终延续着中华民族的传统命脉。台湾文化以中华文化为主体，是中华文化的重要组成部分。近现代又融合日本和欧美文化，呈现出多元风格。原住民族传统的南岛文化，是台湾文化中的一朵奇葩。为了在集会中彰显族群的地位，原住民服装常常以红色为主调。原住民男女英俊漂亮、能歌善舞，是台湾岛上一道靓丽的风景线。

宝岛台湾面积不大，却浓缩了大自然馈赠的丰富生态资源。从大海到高山，从峡谷到湖潭，从城市到乡村，从学校到社区，从寺庙到教堂，每个地方都散发着不同的风情，值得细细欣赏、品味。

东北是我国纬度最高的地区，与俄罗斯接壤，是沟通东北亚和欧洲之间里程最近的大陆桥和重要的中间站。在这片神奇的土地上，有连绵起伏的大、小兴安岭，有沃野千里的松嫩平原，有气势磅礴的黑龙江、乌苏里江、松花江、嫩江水域，有风景秀丽的湖泊，还有绿草如茵的天然牧场。蜿蜒的山地和广茂的沼泽地中，经常有天鹅、丹顶鹤和东北虎等珍稀动物出没。

冬季是东北最漫长的季节，也是最迷人的时候。雪花悠然飘洒，大江冰封横卧。以冰为砖，以雪为墙，巧夺天工的艺术家们，用冰雪筑成了一个个梦幻城堡、冰雕雪塑，蔚为奇观。以雪为被，以冰为床，寒冬里的人们，在冰天雪地里戏耍打闹，绽放激情，享受大自然的恩赐。此时的北国大地，分外妖娆。

早年作为中东铁路枢纽的哈尔滨，享有"东方小巴黎"和"东方莫斯科"的美誉，中国古老文化和欧洲文明在这里交织碰撞。名不见经传的边陲小镇，自然古朴，原始清纯。东北地域的宽广、富饶与东北人的豪爽、粗犷相得益彰，透过时光隧道的凝聚发展，形成了浓郁的东北文化。

三沙地处中国南海，位于我国版图的最南端。这里有众多的岛屿、沙洲、礁、暗滩和暗沙。犹如莲花状的大大小小的珊瑚岛礁群，矗立于碧波万顷的南海之中，美丽而壮观。三沙长夏无冬，纯净的蓝天、透翠的海水、洁白的沙滩、清新的空气，形成了得天独厚的海天盛景。近年来，随着三沙首府永兴岛基础设施的不断改善，永兴岛已初具城镇雏形。三沙还大力加强海洋生态环境保护，开展了岛礁绿化植树和渔业增殖放流活动，实施了岛礁修复与保护及海洋生物保护区项目，保护了岛屿资源和生物的多样性。在西沙东岛上空，成千上万的鲣鸟终日盘旋飞翔，千鸣万啭，自成奇观。

南海是我国海上丝绸之路的重要通道，这里自古就是中华民族的海域。西沙甘泉岛唐宋居住遗址、北礁沉船等历史遗迹都验证了这一事实。然而，南海岛礁早已被别国觊觎。1974 年 1 月 20 日西沙海战和 1988 年南沙"3·14 海战"的胜利，深刻影响了整个南海局势，巩固了我领海主权。三沙设市后，我国南海海上维权力度得到了进一步加强。随着我国综合国力的不断提升，远离祖国大陆的南海，将被打造成 21 世纪海上丝绸之路的新驿站。

极地之美，美在自然，美在人文，美在神奇；美在创造者，美在传承者，美在守护者。行走在中华极地，感悟这里的远古与现代，沧桑与巨变，日月与星辰，春夏与秋冬；感叹大自然之神工，人类之智慧，社会之文明，民族之和谐。中华极地如诗、如歌、如画，让我们吟诵、歌唱、赞美。炎黄子孙，华夏儿女，为你自豪，为你骄傲！

目　录

世界屋脊——西藏 / 001

林海雪原——东北 / 139

东方明珠——台湾 / 081

旖旎海洋——三沙 / 201

世界屋脊——西藏 / 001
林海雪原——东北 / 139
东方明珠——台湾 / 081
旖旎海洋——三沙 / 201

漠河

乌鲁木齐

哈尔

长春

沈阳

乌恰

呼和浩特

北京

天津　渤海

银川

石家庄

太原

济南

西宁

兰州

黄海

西安

郑州

合肥　南京

上海

成都

武汉

杭州

重庆

长沙　南昌

东海

贵阳

福州

钓鱼岛　赤尾屿

昆明

台北

广州

南宁

澳门　香港

东沙群岛

海口

西沙群岛　中沙群岛

黄岩岛

南海

南沙群岛

曾母暗沙

拉萨

世界屋脊——西藏
SHIJIEWUJI—XIZANG

西藏，我国乃至世界海拔最高的地方，被称为地球上的第三极。相比南极和北极，这里是唯一有着人类丰富生活的极地地带。神奇圣洁的雪域高原，美丽迷人的世界屋脊，三千米处平地起，八千米上算大山；这里山高水秀，天蓝云白，群星璀璨；这里古朴自然，人文浓厚，传统渊源，是很多人去了还想再去的地方。

西藏以其雄伟壮观的自然风光和与众不同的民族风情闻名于世。西藏地域辽阔，地貌壮观，有峻俏挺拔的雪山冰川，静如处子的高原湖泊；西藏资源丰富，独具特色，有许多珍稀野生动植物。世世代代休养生息在这片土地上的藏族民众，忠厚朴实，信仰虔诚，创造和继承了丰富灿烂的民族文化。品味着香甜浓郁的酥油茶，聆听着古朴厚重的藏歌，行走在莽莽高原上，游山赏湖观寺看人文，不光是视觉的盛宴，更是心灵的净化。

位于藏南的喜马拉雅山主峰珠穆朗玛峰海拔 8844.43 米，是世界最高峰。在海拔 5200 米的大本营看珠峰，虽然相对高度只有 3600 多米，但仍然巍峨宏大，气势磅礴。山脚下的冰川，晶莹剔透，婀娜多姿。珠峰左边是世界第四高峰、海拔 8516 米的洛子峰，位于珠峰以南 3000 米处。右边是卓奥友峰和希夏邦玛峰。他们一字排开，遥相呼应，波澜壮阔。冬季的西藏，能见度更高，蓝天白云下的珠峰，难得一见的旗云，就像一面迎风招展的旗帜，指挥着千军万马奔向远方。夕阳西下时，珠峰上日照金山的画面，赏心悦目，美不胜收。

从珠峰出发西行，进入阿里普兰县境内，远远就能看到冈仁波齐峰。冈底斯山脉主峰冈仁波齐峰是中国最美、最令人震撼的十大名山之一，是西藏最有名的神山，也是恒河、印度河和雅鲁藏布江等著名河流的发源地，还是多个宗教认定的世界中心。冈仁波齐峰形似金字塔，四壁对称，如同水晶砌成。峰顶若七彩圆冠，周边如八瓣莲花。数百年来，冈仁波齐峰一直是朝圣者和探险家心目中的神往之地。在西藏及尼泊尔和印度等地区，信众一生中最大的愿望就是到冈仁波齐转山朝圣。因此，常年在此转山的国内外信众络绎不绝。

藏语中湖的发音为"错"，在西藏可谓是一"错"再"错"还是"错"，"错""错"相连。尤其是从空中俯视，高原湖泊星罗棋布，像一颗颗璀璨的珍珠，点缀在山川之中。西藏是中国湖泊最多的地区，湖泊总面积约 2.38 万平方公里，占全国湖泊总面积的 30%。1500 多个大小不一、景致各异的湖泊错落有致地镶嵌于群山莽原之间，其中面积超过 1000 平方公里的有纳木错、色林错和扎日南木错；超过 100 平方公里的湖泊有 47 个。西藏湖泊类型多样，几乎包含了中国湖泊的所有特征。其中又以咸水湖居多。湖的周围多有丰饶

的牧场，是藏羚牛、藏野驴和黑颈鹤等多种珍贵野生动物经常成群结队出没的地方。

在西藏，许多湖泊都被赋予宗教意义。纳木错、玛旁雍错、羊卓雍错，被称为西藏的三大圣湖。深冬时节的圣湖，辽阔的湖面结成了冰，变成了广阔无垠的冰湖、雪海。极目远望，湖中的冰块千姿百态，惟妙惟肖。冬去春来，湖中的冰块缓缓融化，随波逐流，形成一道道冰墙，白色的冰块与蓝色的湖水相互交织，在阳光的照射下波光粼粼，甚是好看。

碧绿清澈的玛旁雍错，是我国透明度最大、海拔最高的淡水湖。和神山冈仁波齐一样，玛旁雍错是世界上众多宗教教派所奉拜的圣湖。信众们认为，这里的湖水不仅能清洗肌肤上的污垢，更能清除心灵上的烦恼，洗掉贪、痴、嗔、怠、妒等"五毒"，喝了湖水还可以消除各种病痛。每到夏秋季节，信众们扶老携幼来此敬香朝拜时，都要用湖水洗头、洗身，以求祛灾除病，延年益寿。高原湖泊虽然大小不一、形状各异，但相同的是都有着清澈、碧绿甚至湛蓝的水色，这点完全可以与中国南海的水色相媲美。

作为西藏早期政教合一的统治中心布达拉宫，是藏族民众心中的圣地。布达拉宫座落于山腰，整座宫殿与山岗融为一体，高高耸立，壮观巍峨。宫墙重重叠叠，迂回曲折。墙面色彩红白相间，宫顶金碧辉煌，具有强烈的艺术感染力。布达拉宫内大量的壁画，不仅构成了一座巨大的绘画艺术长廊，更是历史的见证。

藏族文化斑斓多姿，寺庙就是其一大特色。西藏寺庙众多，著名的寺庙有：拉萨市的大昭寺、哲蚌寺、色拉寺，日喀则市的扎什伦布寺，萨迦县的萨迦寺，江孜县的白居寺等。这些寺庙都是藏族信众的圣地和精神家园，不管家中钱多钱少，他们都会毫不吝啬地送到这里，以示诚意。

行走在五色风马旗随风飘扬的高原圣地，经常可以看到身背干粮的转山者和匍匐在朝圣路上的磕长头者。在交通已经比较发达的今天，为了心中的圣殿，无论春夏秋冬，任凭风霜雨雪、疾病痛苦，他们如入无人之境，矢志不渝，勇往直前。

大山深处，圣湖岸边，一顶顶黑色牦牛帐篷，就是藏族牧民的家，成群的牛羊是他们世代相传的家产和财富。在离阳光最近的地方，在伸手可及的彩云下，优哉游哉的藏民们，日出而作日落而息，用笑脸迎接着每一天。乡镇里，建起了一座座新的校舍，一个个天真浪漫的学生娃，在明亮的教室内用功读书。比红红的脸蛋更引人注目的，是他们那双如同圣湖水般清澈透亮的眼睛，从中仿佛看到了西藏的未来，充满朝气、充满希望。

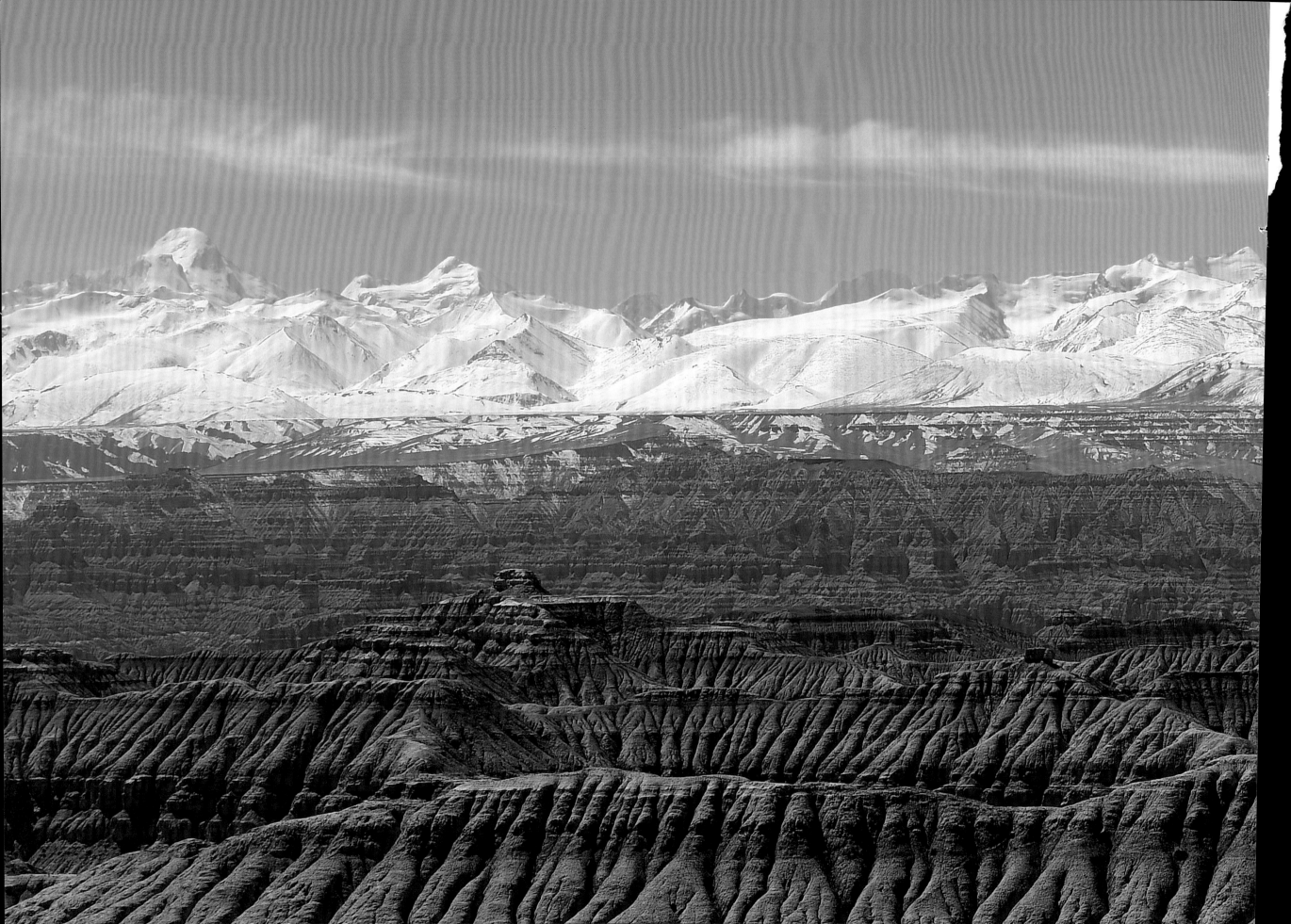

东方明珠——台湾
DONGFANGMINGZHU—TAIWAN

台湾，中国最大的海岛，也是距离我国固有领土钓鱼岛列岛最近的地方。坐落于中国大陆东南沿海大陆架上的台湾岛，有高耸的山岳，壮丽的湖泊，多样的自然生态和独特的人文风情。台湾与大陆渊源深厚。远古时代，台湾与大陆相连，约在几百万年前，由于地壳运动，部分陆地下沉，海水进入，形成台湾海峡，从此台湾与大陆隔海相望。

台湾东临太平洋，东北邻琉球群岛，南界巴士海峡与菲律宾群岛相对，西隔台湾海峡与福建相望，总面积 3.6 万平方公里，包括台湾本岛、澎湖、兰屿、绿岛和钓鱼岛等近百个附属岛屿。

台湾四季常青，春暖花开。阿里山、日月潭、太鲁阁峡谷和垦丁等都是著名的自然景观。阿里山群峰参峙，溪壑纵横，林木葱翠，既有悬崖峭壁之奇险，又有幽谷飞瀑之秀丽。海拔 2663 米的阿里山，虽不算高，但以其神木、樱花、云海、日出四大胜景而闻名，故有"不到阿里山，不知台湾的美丽"之说。日月潭卧伏于玉山和阿里山之间的山头上，是台湾最大的天然湖泊。日月潭四周，点缀着许多亭台楼阁和寺庙古塔。山腰的玄奘寺内存放着唐僧玄奘的部分遗骨。日月潭中有一小岛，远望好像浮在水面上的一朵莲花，名为拉鲁岛，是台湾原住民部族传说中祖先灵魂安息之处。以此岛为界，北半湖形状如圆日，南半湖形状如弯月，日月潭因此而得名。

台湾四面环海，优美的海岸景观随着地理位置的不同，呈现出不同的景致。位于新北市的野柳地质公园为台湾北部著名的地质公园、中国最美八大海岸之一。经过千百万年大海波浪的侵蚀、风化及地壳运动的交互作用，这条全长 1700 米的狭长海岬逐渐形成蕈状石、烛台石、姜石、壶穴、棋盘石、海蚀洞等各种奇特的地质奇观，成为台湾最负盛名的地质公园。蕈状石是野柳最具代表性的地形景观，尤其是"女王头"，脖子修长、脸部线条优美，加之雍容尊贵的神态，极像昂首静坐的女王。横跨花莲、南投及台中的太鲁阁，以雄伟壮丽、几近垂直的大理岩峡谷景观闻名岛内。距离太鲁阁入口处不远的清水断崖，鬼斧神工，叹为观止。

台湾城市早期发展较快，台北 101 大楼在 2004 年至 2010 年间为世界第一高楼。坐落在台北市士林外双溪的台北故宫博物院，是古代中国艺术史与汉学研究的重镇，所拥有的 69.6 万余件（册）文物，为世界上最负盛名的古代中国艺术品珍藏。位于台北的圆山大饭店、台北大剧院，古色古香，是典型的中国建筑。高雄市的母亲之河爱河，经过多年地整治，过去的浪漫风华得以重现。遍布全台的夜市和各大商圈等也都比较有特点，尤其是琳琅满目的小吃美食，让人流连忘返。

台湾的小城镇地方风情浓厚。位于彰化县的鹿港小镇，虽然人口只有 8.5 万，却有着显赫的文化历史。"一府二鹿三艋舺"是早期台湾汉文化鼎盛发展的标杆，分别指的是台南、鹿港和台北万华。清朝时期，这里就是相当繁华的商港城市。台南是台湾最早开发的文化重镇，保留着浓厚的汉人社会风俗。有"全台首学"之称的台南孔庙，是台湾建成的第一座孔庙，也是郑成功收复台湾后建立的第一所高等学府。台南孔庙的建立，标志着儒学正式进入台湾，中华传统文化及教育由此在台湾岛上传播开来。

台湾寺庙众多，与西藏相比，可谓是有过之而无不及。岛内登记在册的寺庙就有 1.2 万多座，如果加上没有登记注册的，数量更为惊人。其中，别具一格的中台禅寺，号称是亚洲佛教寺院的标志性建筑，东南亚最大的禅宗道场，拥有百万信徒。中台禅寺规模庞大、庄严宏伟，外观中西合璧，气势非凡。佛光山是台湾最大的佛教道场，创办人星云法师为提倡"人间佛教"之道，一砖一瓦建立起佛光山，目前已成为台湾信众最多、最负盛名的佛教圣地。台湾还有专门的寺庙博物馆。

钓鱼岛距离台湾最北的基隆市仅 190 公里，中国古代先民在从事海上渔业的实践中，最早发现钓鱼岛并予以命名。钓鱼岛周边景致极美。从不同的方向看去，钓鱼岛呈现不同的形状，像巨龙、像卧佛、像笔架、像雄狮、像金字塔、像铁锚；蓝天白云下，黑白相间的海鸥舞动着矫健的翅膀，成群地翱翔在空中；船头两侧，三三两两的飞鱼从海里突然窜出，紧贴水面飞向远方，有的甚至能飞上百米远；宽阔的海面上，精巧的台湾垂钓船在浪尖波谷中穿行，不时还有高大的集装箱船通过；夜晚来临时，灯光捕鱼船把周边海域照得通亮，海上点点渔火与空中的星星构成了一道亮丽的风景。

位于台湾海峡中间的澎湖，为台湾第一大离岛群。这里渔港众多，夜间万点渔火流动，忽明忽灭，与水中映射的星斗互相辉映，"澎湖渔火"因而被选为台湾八景之一。位于西太平洋上的兰屿，与大陆的鼓浪屿、江心屿和东门屿并称中国四大名屿。兰屿四周碧波白浪，岛上椰风蕉雨，自然秀丽。达悟人早期的渔船是独木舟，全是手工凿成，过程颇为艰苦，因此下水仪式十分隆重。小琉球岛上的地标景观花瓶岩，不仅形状独具一格，而且还是爱情的象征。

台湾是个多民族的省份。每个民族都有自己的风俗习惯和语言文化。丰年祭是原住民最隆重、规模最大的传统祭典，和汉族春节的地位相当。为庆祝丰收而举办的丰年祭，各个部族都有自己的特色，尤以花莲、台东和阿里山一带的丰年祭最为热闹。在向祖先神灵祷告，祈求保佑农作物顺利收获，并预祝来年五谷丰收、人畜两旺等祭礼仪式之后，举行聚餐、歌舞、游戏及篝火晚会等，人们举杯同饮，欢歌共舞，沉浸在节日的喜庆与欢乐之中。岛内近年流行的电音三太子，古今结合，洋为中用，频频出现在各大活动场所，成为新的娱乐方式。

林海雪原——东北
LINHAIXUEYUAN—DONGBEI

祖国的最北点位于千里冰封、万里雪飘的东北。东北总面积126万平方公里，占大陆面积的13%。东北坐拥中国最大的平原——东北平原，这里土地肥沃，是我国重要的粮食产区。东北森林密布，生态环境优越，是我国重要的冰雪旅游目的地。位于东北的漠河，是中国纬度最高的县，这里与俄罗斯隔黑龙江相望，也是中国境内唯一可观赏到北极光和极昼现象的地方。

漠河闻名已久。历史上，漠河的黄金开采已有百余年之久，这里的金子曾经为慈禧太后换过胭脂。胭脂沟早期称为老金沟，是额木尔河的一条支流。咸丰末年，鄂伦春人在漠河河谷掘坑葬马，无意中挖得金粒若干。此消息不胫而走，很快被俄国采金人得知，从此这里开始了采金热。当地官员把采来的金子铸成大锭献给慈禧太后后，慈禧龙颜大悦，指示用此金锭给她买胭脂。从此，老金沟被封为"胭脂沟"。近年，则是因为1987年5月发生的那场特大森林火灾，至今让人挥之不去。行走在漠河境内，仍能看到当时被烧成焦炭的老树头，在白雪的衬托下，显得格外刺眼。一身红衣的当地林业工作者徐国栋，指着被大火烧过后仅留下的树根，惋惜地说，那是正在哭泣的老树头！老树头的称谓源于阿里山。那里的大树被日本人砍伐后拉走了，只留下了老树头。而漠河的大树却是被大火烧掉的。

漠河地处北纬53度，有"神州北极"之称。这里是我国最冷的地方，最低气温曾达到零下52.3℃，国内只有在这里才能看到许多要在北极圈内才能看到的奇异景观。漠河的冬天，上午9点才能看见太阳，下午3点就开始进入暮色，白天仅有6个小时，所以漠河又叫"长夜城"。当地人说："日头冒嘴（太阳刚出来），冻死小鬼"、"腊七腊八，冻掉下巴"。冬去漠河，即便是全副武装，仍能体会到天寒地冻的滋味。凛冽的寒风轻轻一吹，全身好像没穿衣服一样。口中呼出的热气，瞬间变成一条条在寒风中飘曳的白烟。这些热气凝聚在眉毛、头发、领口上，形成乳白色、疏松的针状冰晶。经过这种特殊"雾凇"的包装，男孩子变成了"圣诞老人"，女孩子则成了"白毛女"。此时，眨巴一下眼睛都感到有点困难。

中俄边境上的乡村小镇，依山傍水，景色怡人。街道两旁，是风格别致的木刻楞房。这种房子周围的墙体是用圆木垒起来的，里外再抹上泥巴，是我国北部边陲特有的一种民舍。行走在冬日的边陲小镇里，可以看到从屋顶烟囱不断冒出的袅袅炊烟，在清冽的空气中弥散、飘绕，充满诗情画意。

烟波浩淼的黑龙江，是中国最北的边界河，江中线就是边界线。江面不是很宽，对岸的建筑和人员的活动看得清清楚楚。江边有界碑，提醒人们不可穿越。冬季的黑龙江上，江水已经看不到了，江面上翘起的冰块犹如天然的艺术品自然陈列，它们是冰与浪、风与雪的共同杰作。有着"北方第一哨"美称的北极哨所，就位于这里。哨所的官兵们无论春夏秋冬，常年在这里站岗执勤。特别是到了冬季，他们冒着严寒，时刻警惕地巡逻在边界河上。

夕阳西下，白茫茫的雪地上洒下了一层淡淡的余晖。长长的影子，是严冬北部边陲独有的景致。在这里，即使接近正午，太阳也低低地悬挂着，仿佛触手可及。这是在其它地方所看不到的。在漠河，地理位置感极强，这里有中国最北的家、最北的小学、最北的邮局、最北的派出所，甚至还有很多不同字体的"北"字雕塑及相关标志。

以天池为代表，集瀑布、温泉、地下森林和冰雪等景观为一体的长白山，为东北海拔最高的山脉，其独特的地貌景观神奇秀丽、巍峨壮观、原始自然。清朝时期，长白山被定为圣地，当地民众称其为仙山，经常对其顶礼膜拜。长白山天池是我国最大的火山口湖，松花江、图们江和鸭绿江三江之源，也是中朝两国的界湖。在长白山瀑布下方不远，有多处大如碗口的地热，这就是长白山有名的温泉群。蒸腾的热气，圣洁的白雪，黑色的岩石，在阳光的照射下，五光十色，美轮美奂。

长白山附近，有一处现实版的"魔幻世界"。这里水质优良，常年不冻。在冬季日出前后，特别是当气温达到零下20℃时，大气蒸腾形成雾凇和冰挂，加之树木和河水若隐若现，呈现出各种令人惊异的景致，仿佛走进了神奇的魔幻世界。

东北雪乡山高林密，北面袭来的贝加尔湖冷空气与南来的日本海暖湿气流在此频频交汇，形成片片雪花。雪乡的雪多、厚、白、粘，容易成形。漫步雪乡，能够看到各种各样的"雪蘑菇"、"雪蛋糕"和让你想象不到的动植物造型。雪花飘飘、烟雾升腾的雪乡，远远看去，如同世外桃源，宁静详和。进入夜晚，在灯光的照射下，这里又成了五光十色的童话世界。在白雪皑皑、银装素裹、炊烟袅袅的东北，不仅可以看到丰富多彩的雪景，还可以充分享受瑞雪给人们带来的快乐。

有着300万年进化史的东北虎，身长体重，强悍凶猛，体色优美，感官敏锐，行动迅捷，堪称百兽之王。如今随着人们保护意识的增强，不只是在虎园里才能看到老虎，东北林区也经常有野生虎出没。

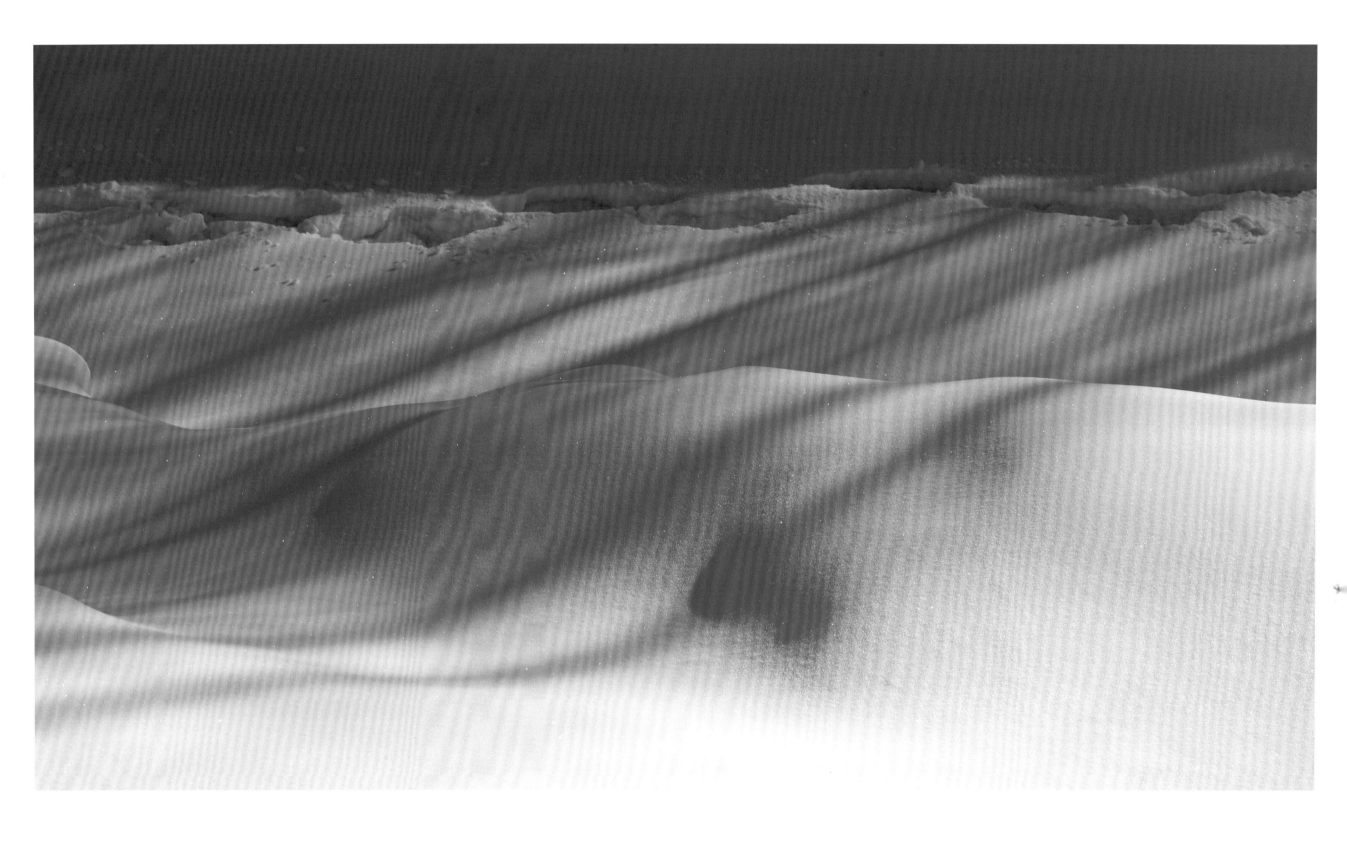

旖旎海洋——三沙
YINIHAIYANG—SANSHA

三沙，中国领土的最南端，是我国总面积最大（含海域）、陆地面积最小和人口最少的地级市。三沙市是我国继浙江省舟山市之后，第二个以群岛设市的地级行政区。三沙所属的西沙、中沙、南沙群岛像一颗颗珍珠，分布于南海之中。得天独厚的热带海洋气候，形成了旖旎的自然风光。阳光、空气、沙滩、海水，是大陆与近海任何海岛无法替代和比拟的。三沙所在的南海海域，还是个巨大的聚宝盆，蕴藏着人类生存、发展所必需的多种物产资源。

南海因处于中国大陆南面而得名，是中国南方的陆缘海。汉代、南北朝时称为涨海、沸海，清代以后逐渐改称南海。中国在南海主权的主要依据是传统疆域线，即九段线。南海是中国的最大外海，面积近 360 万平方公里，约等于中国渤海、黄海和东海总面积的 3 倍，仅次于南太平洋的珊瑚海和印度洋的阿拉伯海，居世界第三位。南海平均深度 1212 米，最深处 5567 米。如果把 4 座南岳衡山叠起来放到南海里，最上面的山头离水面还有近 400 米的距离。

南海有四个群岛，分别是东沙群岛、西沙群岛、中沙群岛和南沙群岛。距离三亚市榆林港 330 公里的永兴岛，是西沙群岛最大的岛屿，面积约 2.13 平方公里。永兴岛是三沙市政治、军事、经济、文化中心，岛上有收复西沙群岛纪念碑、主权碑、三沙市地名碑、将军林、海洋博物馆等。中沙群岛距永兴岛 200 公里，是南海诸岛中位置居中的一组群岛，由黄岩岛及其 30 多个暗礁、暗沙、暗滩组成，面积约 60 多万平方公里。南沙群岛是三沙最南的一组群岛，也是岛屿滩礁最多、散布范围最广的一组群岛。1987 年 3 月，联合国教科文组织第 14 次会议决定，由中国在南沙群岛建立第 74 号海洋观察站。1988 年，我国选定永暑礁作为联合国教科文组织海洋观察站，并立有主权碑。

很早以前，我国渔民就在南海经营、开发岛屿和利用海洋资源，并加以保护。在诸多岛屿礁滩上种植了林木，放养繁殖了各种陆生动物，为海岛营造了良好的生态环境。新中国成立后，西南中沙群岛的海洋环境、自然资源保护工作，得到有关方面的高度重视和鼎力支持。

正是这种世代传承的经营和保护，三沙今天才能够完美地呈现在世人面前。三沙的美，美在自然，只有到了三沙才知道什么叫蓝天白云、碧波万顷；三沙的美，美在资源，只有到了三沙才知道什么叫蓝色宝藏、美丽富饶；三沙的美，美在她的守护者，只有到了三沙，才知道什么叫胸怀祖国、庄严神圣。

三沙岛礁上白里透红的细沙，为珊瑚礁风化所形成。其中，红色的为红珊瑚碎裂而成，白色的为白珊瑚及贝壳碎片，经过千万年海浪的冲刷磨蚀，逐渐堆积在岛礁上。白沙下层即为向外展延数百米的坚硬珊瑚礁盘。南沙礁盘周边基本没有浅滩，礁盘外沿下去就是数千米的深海。

在三沙，最漂亮、最壮观的自然景致要数潟湖了。她就像一只巨大无比的珊瑚碗，亭亭玉立于波涛汹涌的大海之中。三沙的岛礁，按其形态和发育位置可分为环礁、台礁、塔礁、陆架礁丘和陆坡潮下生物礁滩等五类。潟湖属于环礁的一种，其周边隆起的礁坪如堤坝一样，环绕着有口门或无口门的湖泊，低潮时环礁显露，环礁内部海水通过口门与外部海水进行交换。大的潟湖有几十平方公里，小的也有几平方公里。特别好看的是，退潮时潟湖内外不同色彩的海水，从深蓝、湛蓝、天蓝到蔚蓝，中间还有一部分是翠绿色的，犹如一幅色彩斑斓的油画，好看极了。涨潮时，潟湖周围浪花朵朵，你追我赶，此起彼伏，好不热闹。从空中俯视南海岛礁，这些景色更加好看。

天高任鸟飞，海阔凭鱼跃。三沙天空蔚蓝，海水清澈，鸥鸟翔集，鱼儿畅游。航行在三沙海域，不时能够看到海豚在海面追逐，有时三两只，有时数十只，场面很是壮观。三沙的日出、日落、朝霞、晚霞映红了天、映红了海，到处红彤彤的。西沙东岛是我国白腹红脚鲣鸟自然保护区。白鲣鸟全身洁白，渔民们称为"鸟白"。鲣鸟善飞行，早出晚归，飞行方向随季风变化，渔民们根据鲣鸟的飞行规律确定航行方向和岛屿位置，因此鲣鸟又称"导航鸟"。1981 年，我国政府划定东岛为白鲤鸟自然保护区。目前，全岛已有鸟类 50 多种，其中白鲣鸟约 3 万余只。

三沙是神圣的，它体现着我国的主权和财富。从西沙到南沙，每个人民海军驻守的岛礁上都飘扬着鲜艳的五星红旗，庄严地向世界宣告，这是中华人民共和国的领土，中国海洋权益不容侵犯。守护三沙，遇到的自然条件是恶劣的。高温、高盐、高湿、烈日、飓风、狂涛、缺水、缺土、缺果菜，寂寞、孤独、单调。守岛官兵时刻都面临着生存、战斗甚至死亡的严峻考验，长期承受着巨大的心理和生理上的压力。返回后方基地时，有的小朋友连自己的父亲都认不出来了。但就是这样，他们仍然以高昂的士气、顽强的作风、精湛的技术，时刻坚守着祖国的海洋国土。

官兵们献身国防、戍守海疆的精神深深地感动了当地群众，他们无私地支援部队建设、为官兵服务。"拥军模范"、被驻守三沙海军官兵们亲切称为"船老大"的琼海市潭门镇渔民邓大志，无论刮风下雨，浪大浪小，只要官兵急需，他都义无反顾地为守岛官兵们提供服务，解决了守岛官兵的很多困难。正是由于这种军民团结合作，三沙建设得越来越漂亮、越来越坚固。

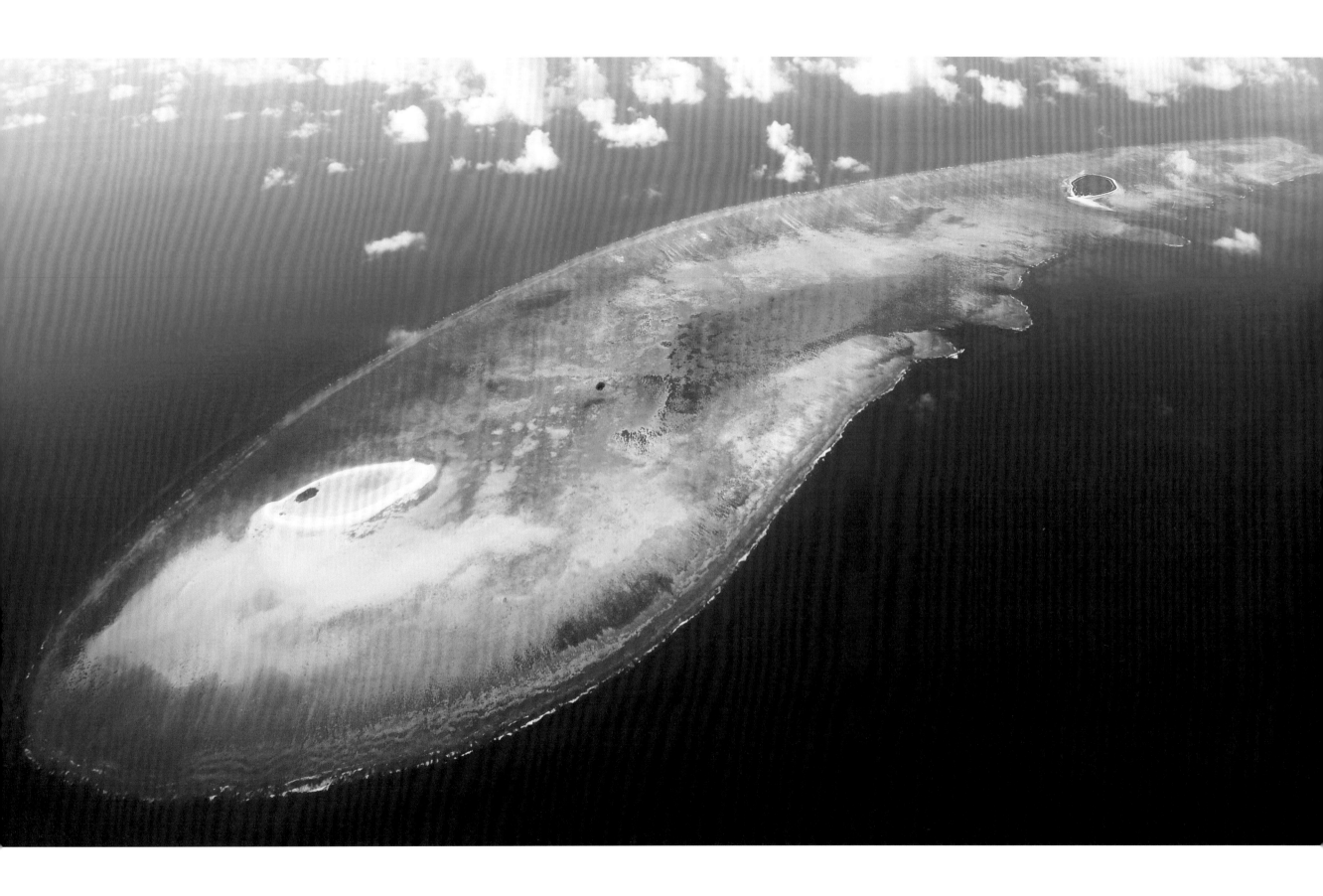

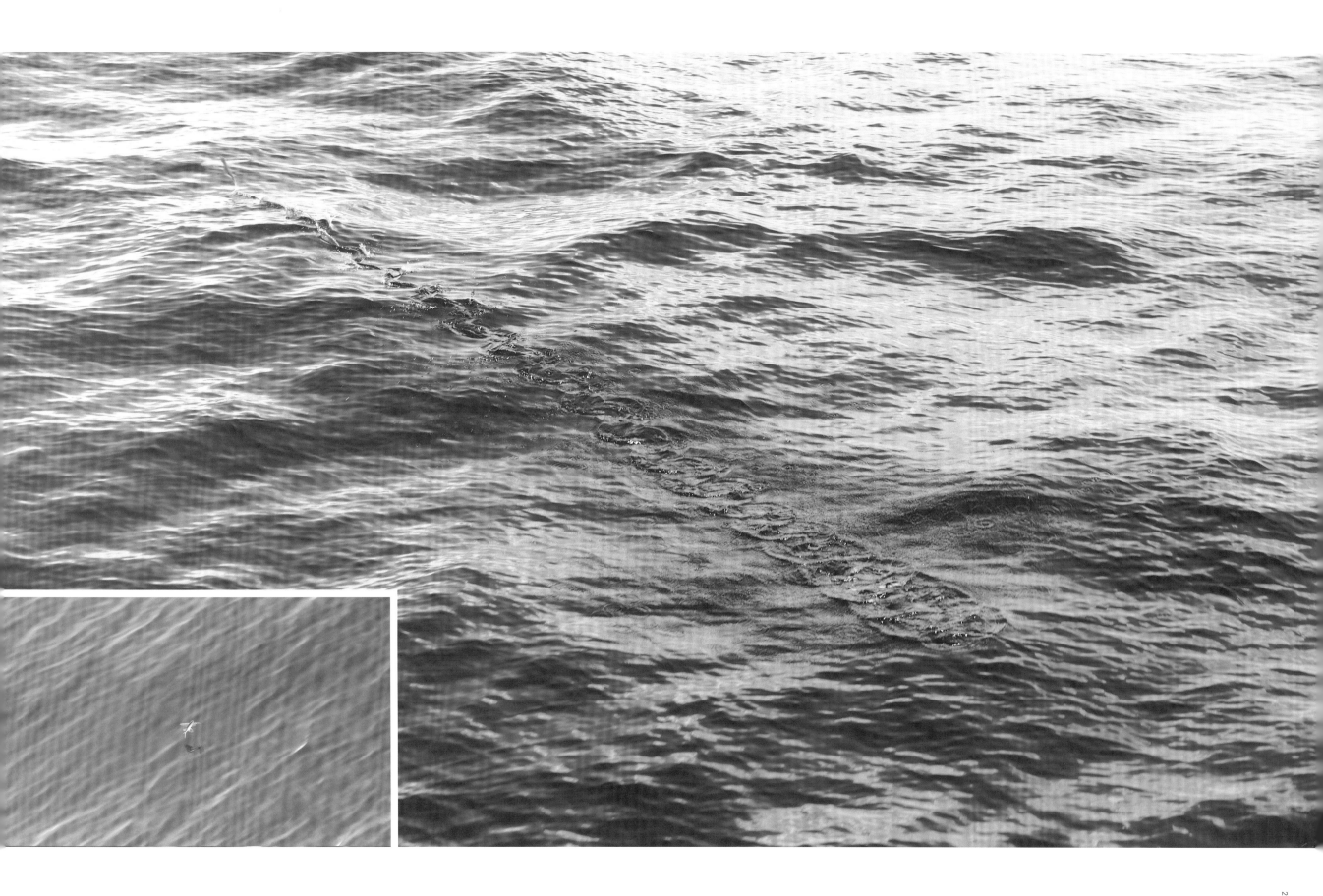

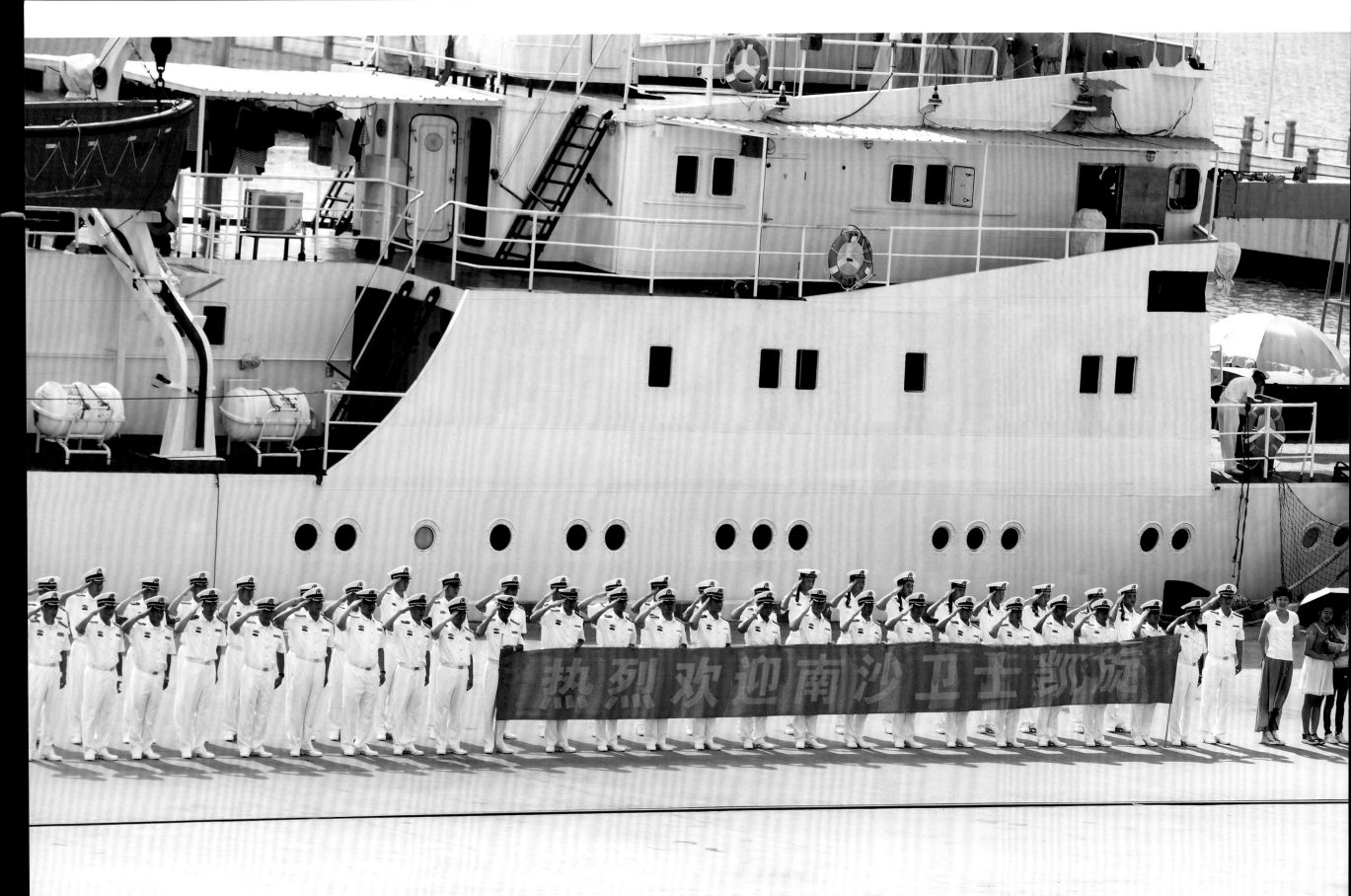

后　记

　　中华大地幅员辽阔，山河壮美，人杰地灵。为拍摄《极地中华》画册，近10年来，我先后3次赴西藏，走完南北大环线并进入了藏北无人区；3次赴东北，在冰天雪地的冬季走进了我国版图最北的漠河；6次赴台湾，走遍了台湾本岛和大部分离岛，还有幸随中国海警船到钓鱼岛海域巡航15天；10多次赴三沙，登上了西沙、南沙数10个岛礁，用照相机记录下了这些中华极地的自然景观、风土人情和戍边守疆官兵的精神风貌。本画册选取的400余幅图片，与其说是用手按快门拍出来的，不如说是迈开双腿用脚走出来的。

　　我在高校学的是工科，毕业后干了几年技术员，就改行从事文字工作，从此一发而不可收，连续做了将近20年。其中近10年是从事研究工作，每年除了撰写指定的文章外，还要编辑20多期期刊。每天从上班到下班，几乎没有离开过办公室，加班更是家常便饭。记得最清楚的是有一年春节休假，中午11点40分的火车，10点钟还在办公室修改稿子，全部编完交给领导后，直接坐上等在楼下的小车奔向火车站，大包小袋还没有放到位，火车就开动了。虽然当时年轻，但仍然难以承受长时间无休无止的劳作，体重一度严重超标，导致胸闷不适。为此，住院做了冠状动脉造影检查，还好没有大碍，调整了一段时间基本恢复正常。塞翁失马，从此开始了每天一个多小时的快步运动，一直坚持至今，为体力活的摄影打下了良好基础。

　　我用的第一台相机是凤凰205。记得是从学校毕业分配到大连不久，听说有这个型号的相机出售，赶紧拿出存下的全部工资加上从同事那里借的几十元，大概是120多元，买回了这台爱不释手的相机。后来又陆续买了放大机、相纸和显、定影药品，自己拍摄自己放大，玩得不亦乐乎。最初喜欢拍照片，主要是受到当时从事新闻工作的胞兄的影响，他经常在报纸上发表文字及图片，让我很羡慕。受他的影响，我也开始学习写新闻和拍照片。此时，能够有台自己的相机对我来说是极大的满足。之后由于工作的关系，先后用过海鸥4A、海鸥DF、理光、富士和尼康等。自从有了相机后，偶尔也在报刊上发表几幅图片，但始终是个小通讯员的角色，连个特约的都不是。直到激情燃烧的岁月快要过去时，才拿到了国家新闻出版广电总局颁发的记者证，这才有了一个较大的拍摄平台。

工作的转换为我提供了新的舞台。正如英国著名登山家乔治·马洛里在被记者问到他为什么要登珠穆朗玛峰时，乔治·马洛里回答的那样："因为山就在那儿。"由于之后从事了与传媒相关的工作，因此，就更加喜欢摄影了。既不是科班毕业，也不是世家出身，完全是凭着个人爱好和对这份工作的热情、执着去拍摄。所以，比一般摄影师经受的痛苦和磨难更多。有些场景至今仍历历在目，可谓刻骨铭心、挥之不去。

到西藏拍摄，是每个摄影人的梦想。3次进入西藏，每次都记忆深刻。特别是2014年，适逢马年，为了拍摄马年转山，大雪天与藏汉信众一起，围着神山冈仁波齐走了两天。4000多米的高海拔，加上雪地强光反射，脸部严重灼伤。转山结束，从阿里回到拉萨市区时，刚一下越野车，一位骑三轮车的师傅突然指着我说："哇噻，你看这人成啥样子了！"一时间，吸引了众人的目光，搞得我很不好意思。当时的情况确实有些吓人，脸上整块整块地脱皮，连耳朵上也未能幸免。其实，更可怕的是嘴上溃烂，吃东西都很困难。转山时，完全是单反（相机）与高反（高原反应）的较量。但精神的力量毕竟是有限的，转山的两天中，特别是第二天，几乎是机械地挪动着双腿。但就是这样，按快门的手始终坚持没有停下来。

在西藏是高原反应厉害，到东北则是严寒难耐。2013年春节，到我国最北的漠河拍摄。这里的冬天曾经创下过零下52.3℃的最低气温记录，白天大多在零下20多度。在中俄边界黑龙江上拍摄哨兵巡逻的镜头时，长时间趴在江面上低角度拍摄，寒风加上冰雪，露在手套外面按快门的右手手指，很快被冻得没有了血色。幸亏被向导及时发现，赶紧抓起雪

猛搓才没有导致严重后果。事后得知，如果发现再晚一些或者是采取其它不当的治疗，手指可能就完蛋了。但过后还是脱了一层皮。

为了拍摄"万里海疆"专题，我走遍了沿海地区并登上了100多个主要海岛。在山东青岛朝连岛船靠码头时，身体正倚着船舷拍摄，船老大操作失误，本来是减速靠码头的但却加速撞上了码头，结果导致上腹部重创，一时痛苦不止。但为了拍摄，仍然按计划在岛上停留了一天。下岛后直接去医院检查，好在是挫伤，休息个把月后继续前行。在广东方向拍摄时，车被追尾，手机和相机同时被摔出。手机没有修好，所有朋友电话号码全部丢失，但干活用的相机却没事，仍能照常使用。不过，同行的几位记者却因此受伤，其中一名记者在广州的医院观察了几天后还是感觉不适，只好返京进行检查。接着，渡海到西沙东岛拍摄时，又被成群的马蜂围攻，本来就不小的脸顿时又大了一号，而不大的眼睛几乎看不到了。有惊无险的是在浙江沿海采访时，脚踩在一条大蟒蛇的头边拍摄了近10分钟。同事发现时，吓得脸色苍白，但又不敢轻举妄动，呆在那里好长时间说不出一句话。

拍摄钓鱼岛的过程至今难以忘却。中国海警巡逻船船艉处有一面鲜艳的五星红旗，迎风飘扬，在大海的衬托下，显得异常好看。即景生情，我脑海中突然出现了一组五星红旗下的钓鱼岛的画面。进入12海里时，我来到船艉准备拍摄。然而，日本巡视船就像"贴身膏药"一样，紧紧地跟着中国海警船。我船速度快时日本船的速度就快，我船速度慢时日本船的速度也慢，始终在我船与钓鱼岛之间，挡住我船不让接近钓鱼岛。这样一来，我的镜头前总是日本巡视船，前后将近一个小时，也没能拍摄到满意的画面。对此，我是咬牙切齿，恨之入骨，忍无可忍。回到驾驶室时，愤怒地向船长诉说了这种情况。船长很理解我当时的心情，他告诉我，这是正常现象，每次都是这样，特别是进入12海里领海时。船长安慰我说，他有办法，并让我立即回到船艉悬挂五星红旗的地方做好准备。果然，在船长不断变换速度和调整方向中，终于完成了五星红旗下的钓鱼岛这幅我梦寐以求的画面的拍摄。

天有多蓝海有多蓝。海洋的拍摄与陆地的拍摄是不太一样的。摄影人都知道，拍摄效果最好的时间一般是早上和傍晚，但拍摄大海时却不一样，太阳越强，海水的颜色就越好看，而没有太阳时海水的颜色和质感则无法呈现。因此在海上拍摄时，经常是顶着中午的大太阳，衣服是干了湿、湿了又干，留下了一圈又一圈的白色汗渍。而在平时，为了拍到日出前的蓝调，则是凌晨3点钟就起床了。同事们开玩笑地讲，摄影不仅是技术活更是体力活。2015年初，右肩峰下滑囊发炎，右臂活动困难，偶尔不注意碰一下，痛得钻心。每天吃药、理疗、贴膏药，还要像练童子功一样，龇牙咧嘴长呼气坚持做康复。好在手臂向前运动不太受影响，仍然能够按快门，基本没有影响大的拍摄活动。

　　摄影是瞬间的精彩艺术，机遇稍纵即失。此时、此地、此事、此景不可能完全再现。因此，总是把每一次拍摄当作第一次也是最后的一次，能够拍到的就尽量多拍。虽然没有天天手拿相机，但只要是去拍摄的路上，或者是在现场，相机就不会离身，一旦发现目标绝对不会放过。无论是风光、人物还是事件，基本是见啥拍啥。这样做不仅拍摄时累，整理时也辛苦，而且有很多片子当时并没有什么用处。但这种累和辛苦是快乐的，因为这样做不会留下遗憾。当时不用的可以作为资料，也许有一天就会派上用场，成为历史的见证。

　　从 2010 年开始，我们先后在宝岛的台北、台南、高雄等地举办了"蓝色海洋"、"魅力海南"、"旖旎三沙"和"万里海疆"等专题摄影展，并与台湾摄影界的朋友进行了广泛地交流切磋，从他们身上学到了很多有益的东西。特别是"中华艺术摄影家学会"林再生理事长、黄显明和王传信副理事长，与我们一起策划方案、布置展场、组织参观，保证了每次影展的圆满成功。尤以图片后期制作见长的传信兄，每次影展图片都是由他来帮助制作，使影展增色很多。退役的黄教官炳祥兄，几乎每天都是起早贪黑陪同我们采风拍摄、交流拜访。在影展期间，岛内摄影界元老秦凯、周志刚、吴绍同和翁庭华等老师给我留下了深刻印象。他们皆是年逾八旬的资深摄影家，无论是摄影艺术还是为人处事，都堪称楷模。

　　秦凯先生被大家亲切地称为"老顽童"，他从 17 岁拥有第一部相机起，一生相机不离手。80多岁的秦老还不言老，仍然带着相机趴趴走，就为抓住那一瞬间的快感。秦老说，"当摄影记者，就像是坐在第一排看戏，是何其幸运与快乐。"秦老退休后，对摄影的热忱不曾间断，晚期作品更趋于多元。秦老出生于北京，足迹踏遍世界各地，视野开阔，取材取景不受拘束，也不追随一般摄影学派的流行，坚持强调自然而不刻意做作的真实呈现。秦老一生拍摄不下 10 万张照片，作品琳琅满目、美不胜收。2010 年 11 月，加法兄带着我陪秦老在北京拍残荷。秦老对残荷情有独钟，他说："残荷内容很丰富，叶子虽然干了但根子却成熟了，与人的一生一样！"

　　周志刚先生从 12 岁开始摄影，长期致力于中国传统的诗意创作。周老喜欢取景自然，以诗情画意表现中国民族风格，并将诗书融入于摄影之中。周老的作品在纯真内容与优美形式之外，更重视意境，对大自然磅礴开阔的气势与瞬息万变的情景，表现出隐含的高洁深意。画面诗情洋溢，和谐完美，极富中国文化特色，常有诗的美致与音乐的引力所在。周老作品中蕴含的意境，或是优美，或是恬静，或是壮阔，或是明快，加上婉约的题诗，画龙点睛，妙不可言。周老曾经协助郎静山大师发起组织中国摄影学会在台湾复会，并筹组成立"亚洲影艺联盟"及"中华艺术摄影家学会"。近年，周老仍然积极参加各种与摄影相关的活动，不断撰写发表摄影艺术评论文章。

　　2015 年 8 月中旬，"万里海疆"专题摄影展在台北开幕，90 岁高龄的吴绍同先生亲临现场助阵。这使我想起了 2010 年 10 月第一次在台北举办摄影展时，吴老不仅亲自光临，而且还把一箱他刚出版的《摄鹤十七》摄影画册送到三楼现场的情景。吴老是当年第一位登上南沙太平岛的摄影官，拍摄了大量电影和图片资料。当时他们还先后登上了中业岛、敦谦沙洲、西月岛、鸿庥岛、南威岛和南钥岛等岛屿。吴老退休后开始全球拍鹤，后来因为眼疾看不清楚，开始拍摄骆驼，再后来又拍摄恐龙化石。吴老还是摄影教育家，他经常把大家的作品制作成 PPT 发送给朋友分享，共同提高摄影技艺。吴老为摄影付出了很多。为了节省经费，吴老外出拍摄时，能住小旅店就不住大宾馆，吃饭能填饱肚子就行。就这样，吴老跋山涉水，走遍了数 10 个国家，拍遍了世界上

所有的鹤群，成为世界鹤类拍摄题材的公认权威，为人们留下了一幅幅意境悠远、活灵活现的珍贵美图。后来，视力衰退，吴老不能亲自拍摄，每到一处他就把自己的想法和构思告诉助手，通过助手帮他完成拍摄。2008年9月，吴老一手倡议并捐献大量摄影类图书成立的"赤峰摄影图书馆"开馆，在两岸摄影界传为美谈。

综观秦凯、周志刚、吴绍同和翁庭华老师等摄影前辈的作品，都是运用敏锐的眼光、周密的思维、扎实的功力及娴熟的技巧，并融入中国传统的美学观点，以相机为画笔，画像合一，展现丰富多彩的艺术美学，将人生足迹所及之处的自然生态、历史景观及人文风情，透过按下快门的那一刹那，撷取到令人赞叹的精彩瞬间，成为不朽的传世之作。

台湾摄影人的追求、投入和艺术水准令人敬重。台湾不大，除了周边的海，没有什么大山大水。因此，台湾摄影人追求更多的是精致。从用光、构图到后期制作都做到了极致。以小见大，见微知著，美轮美奂。台湾摄影起步比较早，普及率高，团体多，活动经常。台湾的摄影团体都是民间组织，官方没有任何资金支持，平时的各项活动经费全靠自己筹集。台湾摄影人的素质普遍比较高，他们中不少是社会精英，有大中学老师、医生及退休职员和将校官，学会理事长大多是有一定经济实力的企业家和知名人士。台湾摄影人不仅注重实拍，更注重理论修养，经常到研习班学习并参加晋级考试，通过理论和实际的结合，拿到硕学、博学学位，使摄影之路越走越宽、越走越远。

随着科技的发展和生活节奏的加快，人们进入了读图时代，读图已经成为一种风尚。在照相机家庭化、拍照手机人人有的时代，图片已经超过文字，成为人们更喜欢的一种阅读内容。与一般的文字相比，图片更加直观，生动简洁，易读易懂，一目了然，既节约时间又丰富视觉。这也是我们动意并用多年时间拍摄、编辑这本画册的初衷。

我走遍了祖国大江南北，并深入到一些边陲哨所，也到过国外的一些地方，感觉最美的还是中华大地。本画册选取的四个区域，景致独特，有的甚至在其它国家是看不到的，基本体现了中华大地的风貌，是我们中国人的骄傲和自豪。最美的风景是人，动物是人类的好朋友。在凸显极地自然风光的同时，画册特意选取了部分具有当地特点的人物、动物及重大事件。每一幅图片都有一个动人的故事。

由于思想水平和艺术修养有限，尽管竭尽全力，但在构思、拍摄、表现等方面仍有很多不如意的地方，差错也在所难免，敬请有缘看到的朋友海涵。好在本画册所有图片都是原汁原味的，除了颜色调整外其它没有做任何修改。在欣赏了世界各地名山大川、风土人情后，再看看中华极地，将会是另一种视觉和精神的享受。

衷心感谢著名摄影家、中国摄影家协会王瑶主席专门为《极地中华》撰写推荐语。王瑶女士在中国新闻社当记者时，就为我们讲授摄影课，对我学习摄影产生了很大影响。衷心感谢为《极地中华》画册拍摄、编辑和出版提供帮助的所有朋友。没有大家的鼎力支持和付出，就没有今天您看到的这本精美画册。《极地中华》是大家智慧的结晶，是集体劳动的成果，愿与海峡两岸的朋友们一起分享，极地中华，大美江山！

李建伟

2016年5月4日

图 目

世界屋脊——西藏

003　雪域高原
004—005　世界最高峰珠穆朗玛峰
006—007　冈仁波齐峰
008—009　徒步转神山
010—011　唯一一座完全在中国境内的 8000 米级高峰希夏邦马峰
012—013　希夏邦马峰、扎达土林双子星
014—015　扎达土林
016—017　梦幻纳木错
018—019　纳木错之夏、经幡中的羊卓雍错
020—021　羊卓雍错全景
022—023　雪中圣湖玛旁雍错
024—025　当穹错
026—027　洞错秋色
028—031　圣湖牧歌
032—035　布达拉宫
036—037　幕色中的布达拉宫
038—039　俯瞰拉萨城、罗布林卡
040—041　博物馆、火车站、城市雕塑、川藏青藏公路纪念碑
042—043　大昭寺、大昭寺门口原地磕长头的信众
044—045　大昭寺（左上）、小昭寺（左下）、扎什伦布寺
046—047　查叶巴石窟寺、甘丹寺
048—049　查叶巴石窟寺、科迦寺
050—051　挂经幡的信众、转经筒的妇女
052—053　行进中磕长头的信众
054—055　高原精灵牦牛、山羊和藏獒
056—061　美丽的家园
062—063　藏区的早晨
064—065　云中雪山
066—067　云卷云舒
068—069　藏野驴
070—071　黑颈鹤、赤麻鸭

072—073　藏羚羊、黄羊
074—077　快乐的民族
078—080　阳光少年

东方明珠——台湾

083　野柳烛台石
084—085　野柳蕈状石
086—087　野柳姜石、蕈状石
088—089　阿里山姐妹潭、小火车
090—091　阿里山老树头
092—093　阿里山邹族原住民
094—095　日月潭文武庙、码头
096—097　日月潭全景
098—099　花莲太鲁阁、清水断崖
100—101　屏东恒春垦丁海岸
102—103　大禹岭云海、澎湖玄武岩
104—105　澎湖渔港、灯塔
106—107　兰屿馒头石、绿岛仙人叠石
108—109　兰屿拼板舟、达悟人图腾
110—111　兰屿岛上的羊、澎湖海上捕捞
112—113　小琉球地标花瓶石、兰屿玉女岩
114—115　台北大剧院、圆山大饭店
116—117　台北 101 大楼、台北故宫
118—119　高雄 85 大楼、爱河
120—121　高雄地铁站光之穹顶、彰化鹿港镇暮色
122—123　台南孔庙
124—125　台中中台禅寺
126—127　高雄佛光山
128—129　高雄天后宫、慈明宫
130—131　台东阿美族丰年祭
132—133　电音三太子、丰年祭表演
134—135　巡航钓鱼岛

136—137 日出钓鱼岛、海鸥伴航
138 守护钓鱼岛

林海雪原——东北

141 桦树林
142—143 冰雪画廊
144—145 东北乡村
146—147 最北乡村北红村
148—149 马拉爬犁
150—151 北极雪雕、幸福吉祥
152—153 冬日雪乡
154—157 童话雪乡
158—159 梦幻雪乡
160—161 长白山天池
162—163 长白山
164—165 长白山美人松、松树林
166—167 长白山绿渊潭、温泉
168—169 摩幻世界
170—173 白桦林
174—175 龙江第一湾、十八湾
176—177 木石神山日出、云海
178—181 老树头
182—183 雾凇
184—185 雪韵
186—189 雪趣
190—191 冰雪大世界
192—193 哈尔滨索菲亚教堂
194—197 东北虎
198—199 巡逻边境线
200 北极哨所

旖旎海洋——三沙

203 三沙首府永兴岛
204—205 三沙市地名碑、南海主权碑
206—207 西沙椰树林、革命烈士陵园
208—209 西沙七连屿
210—211 空中看三沙
212—213 空中看三沙、水下珊瑚
214—215 甘泉岛、广金岛
216—221 三沙水色
222—223 南沙礁盘
224—225 潟湖一角
226—227 南沙灯塔
228—229 翱翔、护卫
230—233 海上霞光
234—235 日月同辉、落日余辉
236—237 满载而归
238—243 船曲
244—245 渔歌
246—249 护渔
250—251 飞鱼
252—253 海豚
254—257 鲣鸟与燕鸥
258—259 天高任鸟飞、海阔任鱼跃
260—261 海上生命线
262—263 海上堡垒
264—267 今日岛礁
268—269 出征
270—271 凯旋
272—273 巡逻
274—275 卫士的呐喊、巡航
276—278 巡航

图书在版编目（CIP）数据

极地中华 / 李建伟著 .— 北京：华艺出版社，2016.5

ISBN 978-7-80252-590-0

Ⅰ . ①极… Ⅱ . ①李… Ⅲ . ①摄影集—中国—现代②中国—摄影集 Ⅳ . ① J421

中国版本图书馆 CIP 数据核字（2016）第 113345 号

极地中华

摄　　影：李建伟

责任编辑：郑再帅　殷　芳

封面设计：**MUNIPAGE**

出版发行：华艺出版社

社　　址：北京市海淀区北四环中路 229 号海泰大厦 10 层

邮　　编：100083

电　　话：010-82885151

电子信箱：huayip@vip.sina.com

网　　址：www.huayicbs.com

印　　刷：北京天正元印务有限公司

开　　本：787mm×1092mm　1/8

印　　张：37.75

版　　次：2016 年 6 月第 1 版

印　　次：2016 年 6 月第 1 次印刷

书　　号：ISBN 978-7-80252-590-0

定　　价：980.00 元